RÉPONSE

EN VERS

De M. le Comte

DE VILLÈLE,

A L'AUTEUR

DE L'ÉPITRE QUI VIENT DE LUI ÊTRE ADRESSÉE.

PAR

Alexandre Germain.

Vincant divitiæ!....
(JUVÉNAL)

(Prix : 1 franc.)

PARIS,

CASTEL DE COURVAL, LIBRAIRE, RUE DE RICHELIEU, N° 87,

ET CHEZ TOUS LES MARCHANDS DE NOUVEAUTÉS.

1825.

RÉPONSE

EN VERS

DE MONSIEUR

LE COMTE DE VILLÈLE.

RÉPONSE

EN VERS

De M. le Comte

DE VILLÈLE,

A L'AUTEUR

DE L'ÉPITRE QUI VIENT DE LUI ÊTRE ADRESSÉE.

PAR

Alexandre Germain.

Vincant divitiæ!....

(JUVÉNAL)

PARIS,

CASTEL DE COURVAL, LIBRAIRE, RUE DE RICHELIEU, N° 87,

ET CHEZ TOUS LES MARCHANDS DE NOUVEAUTÉS.

1825.

Réponse en vers

DE M. LE COMTE

DE VILLÈLE.

———————◦◦◦————— —

Eh ! quoi, ni mes trésors, victoire passagère,
Ni de mes courtisans l'amitié mensongère,
Ni mes cris, au conseil, toujours triomphateurs,
Ni des journaux vendus les éloges flatteurs :
Ni ce décret enfin, qu'après de longs orages,
D'un peuple, qu'il opprime, ont porté les suffrages ; (1)

(1) La loi de la réduction des rentes, présentée par le ministre des finances, et adoptée par la Chambre représentative.

Monument désastreux, que je viens d'élever :
Des conseils d'un rimeur, n'ont pu me préserver ?

O C⁕⁕⁕ ! ô F⁕⁕⁕ !.... ô destin déplorable !
Faut-il que les rimeurs, engeance misérable,
D'un siècle de lumière applaudis et fêtés,
Troublent le doux sommeil de nos prospérités ?
Faut-il que, pour calmer ces implacables êtres,
La finance, aujourd'hui, transige avec les lettres ?
Eh ! ne pourrions-nous pas, d'une suprême loi,
Parmi ces furieux, jeter le saint effroi ;
Tourmenter, dans Paris, leurs cohortes errantes :
Ou..... les réduire au tiers, comme j'ai fait, des rentes ?
Et quel besoin la France a-t-elle de leurs vers ?
Paris doit-il nourrir des écrivains pervers,
Qui, sourds à tout conseil, rebelles à tout ordre,
Ne sont bons qu'à médire, à critiquer, à mordre ;
Qui, surtout, qui, joignant leurs généreux efforts,
Quand je ris, appuyé sur de bons coffre-forts,
Pour le salut commun, poussent des cris sinistres :
Font connaître un libraire, et tomber les ministres ?....

Mais, toi, dont l'Apollon me traite, en sa fureur,
Comme un ex-favori traite un ex-empereur ;
Toi, que n'a pu fléchir ni crainte, ni menace,

Qui, malgré l'estafier surpris de ton audace, (1)
Es monté jusqu'à moi, d'un pas si résolu :
Et qui, par cette épître, as, sans doute, voulu
Que mon nom, dont ta muse, en riant, se décore,
Pour le moment, sifflé, plus tard, le fut encore;
Dis-moi : quel triste sort, quel funeste ascendant
Te pousse à m'adresser un discours si mordant?
Certes! j'ai toujours cru que ma magnificence,
Que le palais brillant, où siége ma puissance,
Que l'aspect des guerriers, dont l'intrépide corps (2)
Me tient lieu de vertus, et défend mes trésors :
Pourraient, en triomphant de ta verve indiscrète,
T'inspirer le projet d'un combat plus honnête!....
J'ai pensé que, vouant ton génie à l'oubli,
Auprès de ma grandeur, richement accueilli,
Tu viendrais, avant tout, me livrant ton ouvrage,
Accepter, en échange, un somptueux suffrage :
Oui, mon or, dans tes mains adroitement glissé,
Eût écarté de moi ce poignard insensé;
Et, changeant en sourire un regard si farouche,
Dompté la vérité, prisonnière en ta bouche!

(1) Voyez l'*Epître à M. le comte de Villèle.*

(2) Les gendarmes postés autour de l'hôtel du ministre des finances les jours de grande réception.

Voilà comme, avec grâce, enchaînant ton esprit,
Je voulais m'emparer de ce coupable écrit.
Ton âme à l'intérêt est donc bien insensible?
Un tel excès d'honneur me paraît impossible :
Et je donnerais, moi, cherchant de plus doux sons,
Trente milliers de vers..... pour cent napoléons!

Mais qu'ai-je dit?..... ton cœur, refusant de me croire,
A tout l'or du Pérou, préfère un peu de gloire!

Eh! bien, puisque, jaloux de vivre en l'avenir,
Ni pouvoir, ni trésors, n'ont pu te contenir;
Puisque des maux du peuple on me croit le complice,
Viens! je veux, avec toi, descendre dans la lice;
Et, du pays natal implorant tous les droits,
Me défendre.... en gascon, pour la centième fois :
Que me reproches-tu?... ton humeur tracassière
De mes premiers destins soulevant la poussière,
A défaut de remords, me cherche du souci,
Et voudrait que, fuyant.... ah! peut-on fuir ainsi,
Pauvre auteur?... Quand, des rois usurpant la couronne,
Un ministre, en sa main, tient les destins du trône;
Lorsque, à ces rois pressés dans mille heureux détours,
Il sut faire un besoin de ses tristes secours :
Crois-tu que l'écarter soit un coup si facile?

Et quand même à tes vœux ce ministre docile
Voudrait bien, comme un sot, se résoudre à partir :
Crois-tu qu'à son départ chacun pût consentir?.....

Abdiquer?.... ô délire! ô projets éphémères!
O d'un faiseur de vers ridicules chimères!....
Abdiquer?.... Dieu! s'enfuir et fermer, sans pitié,
Ses coffre-forts remplis seulement à moitié?
Abdiquer?.... quoi! rentrer dans Toulouse la sainte; (1)
Et, Sylla converti, vieillir dans son enceinte?
Abdiquer?.... oui, vraiment, sans forme, ni procès,
Sacrifier ma gloire..... au bonheur des Français?
Quand je puis, sans péril, prolonger ma carrière,
Pour le bien d'un pays, me jeter en arrière!....
Ah! comment, sans rougir, peux-tu lâcher ce mot,
Pauvre auteur? abdiquer?.... c'est le devoir d'un sot!
Mais dussé-je, en ce trait, voir, selon ta maxime,
Le plus sublime effort d'une ame magnanime :
Puisque régner c'est vivre, ah! barbare.... peux-tu
Exiger d'un mortel cet excès de vertu?

Un dictateur romain m'est offert pour modèle :

____

(1) Tout le monde sait que le ministre des finances est natif de Toulouse, et
qu'il a été maire de cette ville, que l'on nomme *Sainte.*

Eh ! que m'importe, à moi, sa défaite immortelle ?...

Ton Sylla, par sa chute, a voulu s'ennoblir :

Chez nous, à moins de frais, un nom peut s'établir !

Et d'ailleurs, ce..... ministre avait-il mon adresse ?

Quand les trésors de Rome, objet de sa tendresse,

Furent en son palais, et qu'il pût s'en saisir :

(Doux amas dont l'aspect m'eût ravi de plaisir !)

Que fit Sylla ?.... sut-il, en de fortes armoires,

Serrer, à triple clé, ses brillantes victoires ?

Non, mais de ses trésors soudain dépossédé,

Le fat les abandonne à ceux qui l'ont aidé !

Étrange ambition !.... pour moi, depuis cette heure

Que le trésor royal entre mes mains demeure ;

L'ai-je ouvert un seul jour au peuple, aux affranchis ?

Sylla se ruinait : et moi, je m'enrichis !....

Que dis-je ? et quel tyran la France me compare !

Du moins, si j'ai des torts, ma douceur les répare ;

Et nul, hors les rentiers, ne souffre entre mes mains :

Mais Sylla, peu charmé de tout l'or des Romains,

Sylla, jusques au sang, poussait la violence ;

Il sabrait en public : moi, j'amasse en silence !....

Amasser ! est-ce donc un péché si maudit ?

Bon ! F**** amasse.... et le ciel le bénit !....

Mais hélas ! je prévois ta réponse fatale :

« On peut thésauriser, loin de la Capitale, »
Diras-tu ; qui m'empêche, en la sainte Cité,
Où magistrat dévot jadis je fus cité ; (1)
Où, précepteur chez moi, le plus chétif des hères, (2)
Grand-homme à cent écus, répandait ses lumières :
D'avoir des coffres-forts, un comptoir, des commis,
Et même..... des rentiers à mes ordres soumis ? (3)
Ne puis-je pas, surtout, fuir la France et sa haine ?
Au sol brûlant des noirs rétablir mon domaine :
Et faire, à gros bouillons, couler en ces climats,
L'or, comme il coule ici dans mon Clos-Saint-Thomas ?....
Oui, je le puis : et même on devrait m'y contraindre !
Mais crois-tu qu'en ces lieux, où la force est à craindre,
Comme à Paris, l'on puisse avoir..... tous les talents ?
Si j'ai quitté les noirs, pour trafiquer des blancs, (4)
C'est qu'il vaut mieux, du moins j'en crois l'arithmétique,
Être intendant français, que seigneur d'Amérique !....

Après tout, si des noirs mon cœur était épris,
Je les exploiterais sans sortir de Paris !

(1) M. le comte de Villèle n'est devenu député, et ensuite ministre des finances qu'après avoir été prieur d'une congrégation de *pénitens*, à Toulouse.

(2) Ce fait est historique : l'auteur a connu ce précepteur.

(3) Cette expression de rentiers est prise ici dans le sens de *personnes recevant des rentes pour de l'argent placé chez des banquiers.*

(4) Voir l'*Épître a M. le comte de Villèle.*

Que dis-je?... en mon hôtel, déjà leurs hérauts-d'armes
M'ont offert, à signer, un traité plein de charmes :
Par lequel, ce bon peuple, autrefois guerroyant,
Verra sa liberté plus sûre.... en la payant !
O vous, dont ma puissance allume la colère,
Français, soyons amis : la liberté m'est chère ;
Loin de le refuser, j'offre aujourd'hui ce bien....
Pour deux cent millions : mon dieu ! c'est moins que rien. (1)

Non, quelque soit, d'ailleurs, son ardent égoïsme,
Mon cœur n'enferme point un lâche despotisme !....
Je sais que, dès long-temps, tout cède à mon pouvoir ;
Que, chez moi, l'intérêt étouffant le devoir,
Jamais perdre un rival ne me parut un crime :
Et que Chateaubriand est tombé ma victime !....
Oui ; mais, avant ce jour, quels furent ses travaux ?
Quels soins l'avaient instruit.... à régir des bureaux ?
Il visita des Grecs les monumens antiques, (2)
Cherchant, sur leurs débris, des transports poétiques :

---

(1) Le traité est, comme on sait, de 150,000,000 ; mais en poésie on ne saurait
être exact comme en prose, et souvent l'on exagère pour rendre une pensée
plus vive.

(2) On connaît les voyages que l'illustre auteur d'*Atala* et des *Martyrs*, a faits
pendant sa jeunesse.

Eh ! quand les fonds publics sont.dans notre salon ,
C'est l'or qu'il faut aimer, et non pas Apollon !....
Pourquoi donc m'imputer sa dignité ravie ?
Que n'a-t-il, aux calculs abandonnant sa vie,
Comme moi, sur sa caisse, établi son orgueil :
Et notre accord parfait l'eût sauvé de l'écueil ?....

De Mont-Rouge, dit-on, l'infernale cohorte (1)
S'apprête à me frapper, et rugit à ma porte :
Vain effroi !.... par mon or j'assouvis ses désirs ; (2)
Car Mont-Rouge, dans l'or, trouve aussi des plaisirs ;
Sa rage est de fonder, sans cesse, un séminaire :
Eh bien ! qu'il en bâtisse ; on peut le satisfaire ;
Et s'il manquait d'argent, pour ce petit défaut,
Nous en avons chez nous, dieu-merci, comme il faut !....

Enfin, si l'on en croit ta coupable insolence ,
Forger un trois pour cent est toute ma science :
Eh ! quand tu dirais vrai, n'oses-tu pardonner
Un vice qu'un poète a pris soin d'ordonner ?....

(1) Voir l'*Epître à M. le comte de Villèle.*

(2) Tous les journaux ont parlé, il y a environ deux mois, d'un don de 400,000 francs, fait par le gouvernement, pour l'achat d'un terrain destiné à la construction d'un séminaire.

«Cent francs, au denier cinq, combien font-ils? Vingt livres!»
A dit Boileau : Boileau, qui, parmi mes grands livres,
N'eût jamais obtenu le plus modeste abri,
Sans ce vers financier, qui m'a toujours souri!
Et pourtant je ne puis le trouver admirable :
Il est, au denier cinq, un denier préférable;
Oui, ce cinq me déplaît; je ne le puis céler :
Et c'est du trois pour cent qu'il eût fallu parler !

Épilogue.

Quoi qu'il en soit, je veux remplir ma destinée.
En vain, la France entière, à ma perte obstinée,
Maudit de mes succès le cours audacieux :
Je garderai le trône où m'ont jeté les cieux !....
Eh ! comment m'arracher aux richesses énormes
Dont je suis reconnu le gardien...... pour les formes ?
Comment fuir ces bureaux, immenses régions,
Où tout un peuple assis, formant mes légions,
Manie, à son insu, des armes pacifiques ?

Comment abandonner ces festins magnifiques,
Seule assemblée, en France, où, de tous les côtés,
Mes projets financiers puissent être goûtés ?
Comment bannir, enfin, ce glorieux cortége,
Qu'à l'hôtel Rivoli, mon seul regard protége ;
Et qui, de vains caquets me laissant étourdi,
Pour me siffler six jours , m'adore le jeudi?.... (1)
Ah ! de trop doux plaisirs entourent ma fortune ,
Pour qu'à mon cœur jamais elle soit importune !

Tout conseil est donc vain ; je l'ai dit, l'ai juré :
J'exploiterai Paris , de Paris abhorré ;
Toujours , sur ses rentiers , j'obtiendrai la victoire!...
Je conviens que l'état souffrira de ma gloire ;
Mais c'en est fait : régner est ma fureur , ma loi.
Que m'importe , après tout , l'état?.... l'état, c'est moi !

Oui, je veux effacer l'éclat des diadèmes !....
Je veux, dans mon palais, à nos princes eux-mêmes,
De mon luxe infidèle, avec effroi, blessés,

(1) Le jeudi est jour de grande réception chez le ministre des finances.

Faire dire, en sortant : nous sommes eclipsés !....(1)
Et pour paraître au peuple, en dépit de ses haines,
Un exemple effrayant des fortunes humaines :
Plutôt que lui céder un jour de mon bonheur,
Je sacrifirai tout.... tout, jusqu'à mon honneur !...
Ainsi, puissé-je voir, l'une à l'autre enchaînées,
S'écouler lentement mes puissantes années ;
Et, du bonheur suprême emportant le secret,
Avoir vécu sans gêne, et mourir sans regret....

(1) Le fait et le mot sont historiques.

Imprimerie de STAHL,
quai des Augustins, n. 9.